ちくまQブックス

あなただけの物語のために

どうすれば自分を信頼できる?

あさのあつこ

JN195856

筑摩書房

本文イラスト
鈴木千佳子

あなただけの
物語のために
――どうすれば自分を信頼できる？
目次

目次

第4章

字スケッチをしてみよう　067

第5章 自分の物語は

第1章

夢と生きづらさ

マンガ家という夢？

もう何十年も前になるけれど、わたしにも〝少女〟とか〝若者〟とか呼ばれるころがありました。今となっては、本人のわたしでさえ半信半疑なのですが、確かにあったのです。

そのころのことを振《ふ》り返《かえ》って、何を感じるか？

ああ、懐《なつ》かしいな。

若くて何でもできると信じていたな。

まさに青春、きらきらと眩《まぶ》しい一時だったな。

……でしょうか？　いえいえ、とんでもない。あのころから半世紀以上が経った今も、自分が少女と呼ばれていた日々を思い返せば、きらきらとも万能感とも懐かしさとも無縁《むえん》の、苦くて痛い想いがよみがえってきます。

わたしが物書き、作家になりたいと本気で考えるようになったのは、中学生のときでした。それまで、小学生のときには、友人たちと「マンガ家になりたいな」なんて屈託《くったく》も臆面《おくめん》もなく話していました。当時は、日本が世界に誇《ほこ》るマンガ文化がこれから隆盛《りゅうせい》を迎《むか》えようかという時期。まだ若手ながらその後、大スターになっていく天才マンガ家たちが綺羅《きら》星《ぼし》のごとく現れ、次々と傑作《けっさく》を生みだしていた時期だったのです。子どもたちが口にする「マンガ家になりたいな」は特別のことではなく、ほとんど合言葉みたいになっていました。

SNSは当たり前ですが影《かげ》も形もなく、テレビのチャンネル数も少ない。ゲーム機もなければパソコンもない。そんな時代、マンガは新しい表現方法、新しい娯楽《ごらく》、そして、新しい文化の最先端《さいせんたん》に立っていたのです。あくまで、わたし個人の認識なのですが。

だから、みんな、マンガが大好きで、マンガの世界に引《ひ》き込《こ》まれ、「マンガ家になりたいな」と語り合っていたのです。

小学校五年生の終わりか、六年生に進級したばかりのころ、わたしと幼馴染《おさななじみ》の友人たち数人は、マンガ雑誌を作ることを思い立ちました。

マンガ雑誌といえば聞こえはいいのですが、そこは小学生のお仕事。画用紙にめいめいが好きなようにマンガを描《か》き、誰《だれ》かが表紙をつけ、ホッチキスで止める。それだけのものでした。画用紙の大きさをちゃんと揃《そろ》えようとか、ホッチキスよりパンチで孔《あな》をあけてリボンで結ぼうとか、締《し》め切《き》りを決めようとか、どうでもいいけれど実に可愛《かわい》らしい話し合いをしたこと、わたしの家（両親が共働きだったので、様子を窺《うかが》ってくる大人がいない）の二階に、みんなで集まって色鉛筆《いろえんぴつ》で作業したこと、そのうち飽《あ》きて、おしゃべりの時間ばかりが増えていったこと、それでも何とかホッチキスで綴《と》じるところまでこぎつけたこと（もしかしたら、孔をあけてリボン結びにしたかも）等々、思い出されます。それなりに楽しい記憶《きおく》として。

ただ、わたしはすぐに、自分がマンガ家としての資質など小指の先ほども具《そな》えていない現実に気がつきました。というか、気付かされました。

限られた範囲《はんい》の小さなグループの中にさえ、わたしよりずっと絵の上手な子が何人もいたのです。その子たちの描く絵は動いて見えました。走っているように、笑っているように、跳《と》び上がっているように見えました。

何の表現もできていないわたしの絵とは、まるで違《ちが》ったのです。

それで、わたしは自分の資質のなさを悟《さと》ったわけです。〝マンガ家〟は、わたしの未来の選択肢《せんたくし》から、儚《はかな》く消えてしまいました。

それでも、さほど辛《つら》かったわけでも、落胆《らくたん》したわけでもありません。わたしは、わりに打たれ弱く、いつまでもぐじぐじと引きずる、つまり、厄介《やっかい》な性格ではあったのですが、この点については意外と平気だったのです。

物語に出会う

それは、自分が楽しいと感じたのは、マンガを描くことではなくストーリーを考えるほうだったと、思い至ったからです。わたしも友人たちも既存《きそん》のマンガの二番煎《にばんせん》じ、三番煎じといった作品を描いていました。もちろん、それでいいのです。

既存作をなぞろうと、そっくり真似《まね》しようと、アイデアを借りてこようと、小学生が自分たちでペンや鉛筆を動かして作っているものなら、それは立派な創作活動です。創作活動を楽しめる時間と仲間がいるのは、すてきなことですからね。

ただ、わたしの思考はときどき脱線《だっせん》しました。いや、脱線というより横道に入り込んで、あらぬ方向にふらふらとさまよってしまうのです。

どこかで読んだストーリーから外れて、わたしが主人公ならこんな恋《こい》はしないだろうなあ。それより、彼《かれ》を振《ふ》ってこっちの少年を選ぶかも。それより、家を飛び出して旅に出たらおもしろいなあ。それで、見知らぬ世界に迷い込んで、そこで不思議なお婆《ばあ》さんに出会って、そのお婆さんは実は百年後の主人公なんだけど、主人公はそんなことは知らなくて……などと、思いきり息を吹《ふ》き込《こ》まれた風船のように、想像がどんどん膨《ふく》らんでいくのです。むろん、膨らんだものをストーリーとして纏《まと》める能力もマンガに落とし込む画力も、わたしは持っていませんでした。膨らむだけ膨らみ、しゅるしゅるとしぼみ……それっきりです。何の形にも姿にもなりません。

でも、頭の中で好き勝手にストーリーを膨らませていくときの快感をわたしは、はっきりと意識しました。

これこれ、これがおもしろい。

ただ、集まって雑誌を作ろうという試みは、一度きりで終わりました。みんな、わたし同様に自分がマンガ家にはなれないと悟ったようです。子どもって、わりと冷静に己を見極められたりするのですよねえ。

マンガ家熱は冷めマンガを描くことにも飽《あ》き、わたしたちは中学生になりました。わたしが本格的に読書にのめり込んだのは、この時期です。それまで、本に夢中になった経験など一度もありませんでした。

母が教師だったからなのか、家には大きな本棚《ほんだな》があって、少年少女世界文学全集なんてものがずらっと並んでいました。

ガラス戸のついた本棚も箱入りの文学全集も、どことなくよそよそしく、冷たく、意地悪に感じられて、わたしは手を伸《の》ばそうともしませんでした。読んでもいないのに、マンガのほうが百倍もおもしろいと決めつけていました。決めつけてそっぽを向いていました。

マンガはおもしろいです。

物語もおもしろいです。

それぞれのおもしろさは時に重なり、時に全く異なるものとなります。よく似た、まるで違う快感を読む者に与《あた》えてくれるのです。

十代に入ったばかりのわたしは、まだ、その真実を知らずにいました。

おもしろさの奥深《おくぶか》さ、多様さの一端《いったん》に触《ふ》れたのは中学生になって……どのくらいが経ったころでしょうか。

わたしは、海外ミステリーに夢中になりました。コナン・ドイル、エラリー・クイーン、アガサ・クリスティー……海外ミステリーの古典とも呼ばれる作品群に夢中になり、読み漁りました。中学生、高校生として過ごした六年間がこれまでのわたしの人生で一番、本を読んだ時期だったと断言できます。

本に夢中になり、物語にのめり込むと、心を自在に飛ばすことができます。

霧《きり》に包まれた十九世紀末のロンドン、一九六〇年代のニューヨークのビル街、イギリスの庭園、ラズベリーのパイや焼き立てのスコーン、石造りの館。そして、奇妙《きみょう》な事件と探《たん》偵《てい》と犯人。次第に深まっていく謎《なぞ》、謎が解けたときの驚嘆《きょうたん》。

わたしにとって、全てが未知の経験でした。

時代も国境も現実も超《こ》えて、その本、この一冊の世界に浸《ひた》れるのです。それは、わたしには大きな救いとなりました。ある意味、現実からの逃避《とうひ》だったかもしれません。現実とは全く別の世界、場所に逃《のが》れる。読書はそのための最高、最強、最適の方法だったのです。

ことばにならない生きづらさ

こう書くと、まるでわたしが逃避する必要のある過酷《かこく》な状況にあったかのようですが、当時、わたしは虐待《ぎゃくたい》を受けていたわけでも、イジメに遭《あ》っていたわけでも、他の苦難や苦痛を背負っていたわけでもありません。飢《う》えることも、凍《こご》えることも、死の恐怖《きょうふ》に苛《さいな》まれることもなく日々を過ごしていました。ごく普通《ふつう》の、ごく平凡《へいぼん》な十代の日常を生きていたのです。

言《い》い換《か》えれば華《はな》やかでも特別でもない平穏《へいおん》だけれど退屈《たいくつ》な日々です。

ただ、わたしやあなたの日常がとても貴いこと、当たり前に過ごしている時が愛しいということは、まぎれもない事実なのです。そのことにわたしは今ごろになって思い至りました。

でも、だからといって、その日常、その暮らしの内に苦しみや悲しみや憤《いきどお》りや、その他さまざまなマイナス（と、世間的に言われる）感情がないわけじゃない。ここから逃げ出したいと思うことも、こんな日々、うんざりだと感じてしまうこともあるはずです。

わたしは、たくさんありました。

飢えないでいられること、戦火から逃《に》げ惑《まど》わなくてすむこと、酷暑や厳寒にさらされなくていいことなど、極限状態を思えば、むろん幸せなのですが、それを盾《たて》にとって、大人たちが「おまえたちは幸せなんだぞ」「〇〇の人たちと比べたら、ずいぶんと恵《めぐ》まれているんだ」などなど、押《お》し付《つ》けてくるのは嫌《いや》ですよね。わたしは身震《みぶる》いしてしまうほど嫌です。

十代のわたしは自分が何を幸せとするのか、不幸せとするのか、ほとんど摑《つか》めていませんでした。でも、自分の幸せ不幸せを、他人に審判《しんぱん》なんかしてもらいたくない。そう思いませんか。

テストの点数で一喜一憂《いっきいちゆう》するし、友人たちとおしゃべりしていたら楽しいのに、友人たちの何気ない一言に心が傷付くこともありました。自分が何にもできない役立たずに感じたかと思えば、未来に漠然《ばくぜん》とした希望を覚えたりもしました。

傍《はた》から見れば、「ああ、若さの自意識過剰《かじょう》ってやつだ」と決めつけられるかもしれませんが、そんな一言で片付けられるほど単純ではないのです。他人に一方的に決めつけられたり、片付けられたりするほどちゃちな生き方はしていませんよね。

わたしも、あなたも。

ただ、中学生のころのわたしは、大人の決めつけにがんじがらめになっていただけでなく、自分を自分で縛《しば》っていたところもたくさんありました。もしかしたら、そっちのほうが強かったかもしれません。

自分の夢を語れなかった

わたしは物書きになりたかった。あいまいな憧《あこが》れではなく、確かな望みでした。

中学生のときに、ミステリーのおかげで物語のおもしろさに目覚めたわたしは、どうしてだか、〝読む人〟ではなく〝書く人〟になりたいと強く思ったのです。そのとき、友人たちと遊び半分で作った雑誌（?）のことを思い出しました。絵は散々で、みんな同じ顔しか描けなかったのですが、ストーリーを考える楽しさ、おもしろさには触《ふ》れられた。あの記憶《きおく》がふわっと浮《う》かび上《あ》がってきたのです。

そうか、わたしは物語を作りたかったんだ。

改めて思いを巡《めぐ》らせ、気持ちが高揚《こうよう》したものです。

それは、わたしが初めて摑んだ自分の芯《しん》でした。特別に勉強ができるわけでも、取《と》り柄《え》があるわけでも、何らかの才能に恵まれているほうでもない。抜《ぬ》きん出て美しくも、可愛くもない。全て、平均か平均以下だと自認していたわたしが、自分の内にある他者とは違う何かに触れた一瞬《いっしゅん》だったのです。

物書きになりたい。物を書く人になって、たくさんの物語を生み出したい。

心の内に芽生えた想《おも》いは、本を読むたびに、根を伸《の》ばし、芽を出し、育っていきました。

中学生活も終わりに近づいたころには、花も実も付いていないけれど根だけは太く、逞しくなっていました。雑草みたいなものですね。地表に出ているところは僅《わず》かでも、掘《ほ》ってみると驚くほど広く根が張っている、みたいな。うーん、あまり適切な譬《たと》えじゃないかな？

根はちゃんとあったのです。

でも、わたしはその根のことを誰にも話しませんでした。いや、違います。誰にも話せなかったのです。

笑われるのが怖《こわ》かったからです。否定されるのも、呆《あき》れられるのも怖かったからです。

中学三年生ですから進路についての三者面談はちょいちょいありました。三者、生徒自身と保護者と教師の話し合いです。

進学か就職か。進学なら、進学希望先と成績とを照らし合わせて、行きたい高校とか行ける高校とかをあれこれ、云々《うんぬん》……というやつです。

わたしは高校進学は決めていました（当時でも九割以上が進学希望だったはずです）。県立高校の普通科《ふつうか》です。親もそう望んでいたし、とりあえずはそこにという程度の選び方でした。

「それで、○○高校に入れたとしたら、何をするんだ？」

面談も終わり近くになって、担任の教師が不意に問うてきました。

「え？　何って……」

「何かしたいことがあるんか」

優しげな風貌《ふうぼう》の男性教諭《きょうゆ》はにこにこ笑いながら、さらに問うてきました。おそらく、みんなに同じような質問を投げかけていたのでしょう。高校入学はゴールじゃないよとの意味合いを含ませての問いかけだったのでしょうか。これから先が大変なんだぞ。がんばれよ。とのエールも含《ふく》まれていたのかもしれません。今になって振り返ってみれば、そう思えたりもします。

わたしは口ごもりました。

「え、何って……あの、大学に行きたいと思うてます」

「そうか。どんな大学に行きたいと思うとるんなら。大学いうても、いろんな大学があるけんな。どこそこの大学ってことじゃのうて、学部とか学科とか考えたりするか」

「あ……いえ、別に、そこまでは……。あの、高校入試だけでいっぱいで……」

「そうかそうか。まぁ、そうよなあ。けど、高校に入ったら自分の将来と結び付けて進路を選ばんといけんからな。じっくり考えや」

「……はい」

「こういう職業につきたいとか、こういう資格を取りたいとか考えとることはあるんか」

教師の何気ない質問に、わたしは身体を強張《こわば》らせました。

なりたいものは、あります。就きたい仕事は、あります。たった一つしかありません。先生、わたし作家になりたいんです。物語を書きたいんです。

担任と母親の前でそう告げられたら、どれほど胸がすくだろう。たどたどしくても、つかえながらでも自分の想いを語ったらいい。自分の想いは自分の想い。わたしが語らなければ、誰も知らないままだ。

わたしは教師の顔をちらりと見ました。まだ、笑みが残っていました。隣《となり》で母が身動《みじろ》ぎしました。耳をそばだてているとわかりました。

「えっと……まだ、ちゃんと考えてなくて……あの、でも」

「うん。でも、なんじゃ？」

「教育学部とか……」

「おお、お母さんの後を追っかけるわけか。それもええな」

教師は母に何か言い、母は笑いながら頭を下げました。

もう半世紀以上昔の記憶です。本当の所、こんな会話を交わしたかどうか、はっきりしません。おそらく、かなりの部分がわたしの創作なのでしょう。

でも、半世紀以上前の三者面談で、わたしが自分の希望を偽《いつわ》ったのは事実です。明白なできごとです。あの時だけではありません。無事に高校に進学した後、目指す方向がより具体的になっていく過程でも、わたしはただの一言も自分の〝夢〟も〝希望〟も語れませんでした。教師とか、医者とか、トラックドライバーとか、花屋さんとかパン屋さんとか、そんな世間に職業としてちゃんと認められていて、そこに繫《つな》がる道筋がはっきりしていて

（どんな資格を取ればいいか、どういう技術が必要か、どういう学びをすればいいか等です）、なにより周りが納得してくれるものでないと、怖くて口にできなかったのです。

物書き、作家なんて突拍子《とっぴょうし》もない未来を語るだけの勇気も、覚悟《かくご》も、強い意志もわたしにはなかったのです。あえて黙《だま》っていたのではありません。明かさぬまま胸に秘めておこうと決めたわけでもありません。臆病《おくびょう》だっただけです。

笑われる。嗤《わら》われる。否定される。呆れられる。それが怖かった。

「若さの自意識過剰だね」とか「いい人生とは〇〇のようなものだ」とかあんなに嫌いだったはずの大人の使う決めつけに、わたし自身が縛られていたのです。縛られて、身動きできないような感覚に、かってに怯《おび》えていた気がします。

さらにまだ、あります。

わたしはわたしを信じ切れなかった。

いつか自分の手で夢を現実に変えられる。そう信じることができなかったのです。わたしの夢を嗤い、否み、呆れていたのは誰でもないわたし自身でした。突拍子もない未来ではなく、みんなに認めてもらえる将来を進まなければならない。そう囁《ささや》いていたのは内からの声でした。

自分で自分を拒《こば》む。何てもったいないことを、わたしはしていたのでしょうか。過去に心を馳《は》せる度《たび》に苦くて痛い、そんな感覚に襲《おそ》われます。

第2章

溶《と》けるもの、溶けないもの

決めつけの正体

ほんとうのわたし

あの苦い日々から、はやン十年。

わたしはすっかり年を取って、それなりに日々を生きています。なのに、苦くて痛い思いは消え去ってはくれず、ときたまですが浮《う》かび上《あ》がってくるのです。

自分を信じて、諦《あきら》めないで、努力し続ければ夢は叶《かな》う。

なんて、かっこいい台詞《せりふ》をよく耳にします（春、旅立ちの季節は特に）。でもそれって、さらりと言えるほど簡単なものではない。と、わたしは思うのです。

だいたい自分をちゃんと信じるって、ものすごく難しくないですか？

自分を信じる。

自分を信じられる。

言葉にすると、とても単純だけれど、現実の中でこれを実行していくのって至難です。少なくとも、わたしには難しかった……いえ、今でも、難しいままです。

自分を信じているつもりが、ただの自惚《うぬぼ》れや思《おも》い違《ちが》いに過ぎなかった。なんて経験を山ほどしてきました。

夢も諦めませんでした。物書きになりたいという少女のころの夢は、まがりなりにも今、叶っているようにも思えます。でも、やっぱり違っているんですよねえ。わたしは諦めなかったというより、とても執念深《しゅうねんぶか》かったのです。そして、できることも、やりたいこともほとんどなくて、唯一《ゆいいつ》手の中に残った〝書くこと〟に縋《すが》るしかなかった。物書きになってからも、夢として描いていた物書き像からは、ほど遠い自分に何度も落胆《らくたん》し、挫《ざ》折感《せっかん》や敗北感に苛《さいな》まれ続けました。いまだに、夢見た自分からは遠い、あまりに遠いところにいます。だから、他人を妬《ねた》むし、僻《ひが》むし、どうしようもないなあと嘆《なげ》きもします。でも、こつこつと書き続ける自分を好きだと感じる日もあるし、物語の世界に浸《ひた》れる幸せを噛《か》み締《し》める一時もあります。「うん、あさの、あんた、なかなかに頑張《がんば》ってるよ」と自らを褒《ほ》めたり、鼓舞《こぶ》したり、労《いた》わったりできるときもあります。

それが真実です。

執念深くて、僻みっぽいくせに自惚れ屋で、しょっちゅう思い違いをしながら書き続けてきたわたしの真実です。この世にたった一つの真実でもあります。

真実とは何か

では、あなたの真実は、どんなものでしょうか。

あなたにはあなたの、あの人にはあの人の、彼女《かのじょ》や彼《かれ》には彼女や彼の真実があります。

それがどんなものか、他の人にはわかりません。というか、自分でもよくわからないこともあります。さっき、偉《えら》そうに〝わたしの真実です〞なんて書いちゃいましたが、真実って生命体のようなものです。刻々と変化していくものなのです。良い方向ばかりに変わるものじゃありません。急に萎《しぼ》んだり、色褪《いろあ》せたり、歪《いびつ》になったり、後退したりもします。怪我《けが》もするし病気にもかかります。そう考えれば、正直、わたしが語ることのできる〝真実〟も過去のものでしかありません。

だから余計に、わたし個人の真実を他の誰《だれ》かにわかったように語られたくはありません。え？　そんなに力むほどのものじゃない？　他人の真実なんかに興味はない？　ああ、確かにそうでしょうね。有名人のスキャンダルやニュースなら、ちょっと覗《のぞ》いてみたくなりますが……わたしの真実がどうなのかなんて、誰も関心はないでしょう。それはそれで、いいのです。やたら注目され、覗かれ、詮索《せんさく》されるより、無視されたほうが幸せなんてこと、わりとたくさんありますからね。

ただね、わたしたち一人一人って、とっても簡単にその他大勢の部類にわけられてしまいますよね。そして、その中でいろんな塊《かたまり》にされてしまうんです。

塊、です。

たとえば学生という、サラリーマンという、男という、女という、働く女性という、子どもという、大人という、子育て世代という、高齢者《こうれいしゃ》という……ともかく、ともかく、様々な線引きをすることで現れる細かな塊に分類されるわけです。

わたしなら、日本人、女性、高齢者、地方在住者、自由業者、その他いろいろな塊に入れられます。もちろん、それが悪いわけではありません。この国の制度の内で生きていくなら、カテゴライズされることは避《さ》けて通れません。必要な場面もあるとも思います。社会制度上あるいは社会機能を維持《いじ》していくために必要なわけです。それはそれで重要です、もちろん。

でもね、それは飽《あ》くまで制度としての塊に過ぎません。

わたしたちは個人です。

個として生きています。それを踏《ふ》まえた上でのカテゴライズなら問題はないのですが、現実は問題だらけです（ここで、ちょっとため息など吐《つ》いてしまいました）。制度上の区分に過ぎない塊に、わたしたちはとても多くの場合、というか、ほとんどの場合、呑《の》み込《こ》まれてしまうのです。うーん、ちょっと抽象的《ちゅうしょうてき》過ぎますかね。もうちょっと具体的じゃないとわかりにくいですよね。

例えばわたしは先にも書いたように、いろいろな塊に帰属すると思われています。その帰属をはっきりさせることで、六十才になったから年金を受け取れますとか、確定申告のやり方はこうですとか、○○選挙の投票用紙を送付しますとか、この国で生きていくのに有用な情報が入ってくるし、わたしが受けるべき権利を行使する意味でも便利です。

けれど、わたしは「日本に国籍《こくせき》があり」「地方に住んで」「働いている」「高齢の」「女性」だけではありません。それは、わたしのごく一部にしか過ぎないはずです。わたしはわたしで、一個の人間です。他の誰でもないし、塊として溶けたりはしません。生まれたときからそうです。でも、一括《ひとくく》りにされちゃいますよね。

わたしだけでなく、大半の人が一つに括られ、一塊《ひとかたまり》に溶かされてしまいます。今はジェンダーについて語られることも、多様性を論じられることも多くなりました。個を個として認めようとする機運も徐々《じょじょ》に高まってはいます（ここに至るまでに、どれだけの人々の努力と闘《たたか》いと想《おも》いがあったでしょうか）。でも、まだまだ、個が個として認められ、尊ばれる社会とは遠いのが現状でしょう。

「あなたは女だから」「きみは男なんだぞ」「○○らしい振《ふ》る舞《ま》いをしなさい」「もう○歳《さい》なんだから、その恰好《かっこう》はおかしい」「もう○歳なのに、そんなことをして」。

そんな言葉を浴びて生きてきた、生きている人は大勢いるでしょう。どうも、わたしたちが生きている社会は個人を特定の塊に分けて、それを公的、私的の別なく使っているようなのです。

個が紡《つむ》ぐ真実

わたしはわたしの経験からしか発言できません。そのわたしの小さな、細やかな経験を思い起こしてみても、「学生らしく（い）」「女性らしく（い）」「母親らしく（い）」「高齢者らしく（い）」……ともかく〝らしく（い）〟という接尾辞《せつびじ》である助動詞にずい分と振《ふ》り回《まわ》されて来ました。しかも、さらに質《たち》が悪いのは「らしくしなさい」「らしい行動をしなさい」と命じて、わたしを塊に溶かし込んだり、一括りにしたりしてしまう力は、わたしの外ばかりではなく内にも存在するという事実があることです。

そうなのです。わたしは、少女のころ、自分を決めつけられるのが嫌《いや》でしかたありませんでした。つまり、塊に溶かされたくない、一括りにされたくないという想いは溢《あふ》れるほど身の内にあったのです。あなたは、どうでしょうか？　嫌ではありませんか？　おまえはこうだからと他人に決められてしまうのって、すごく居心地悪くないですか？　そして、中学生とか高校生とか女性とか少女とか、自分の一部でしかないところを切り取って、そこに合わせて生きることを強要してくる大人たちが嫌《きら》いでした。

なのになのに、自分が大人になったとき、同じような真似《まね》を自分の子どもや周りにしっかりしているのです。

「子どもらしくないこと、言わないの」

「お兄ちゃんなんだから、こうしなさい」

「女の子は女の子らしい恰好をさせないとね」

なんて台詞を何の引《ひ》っ掛《か》かりもなく口にしていたのです。そして自分自身をも縛《しば》っていました。

母親だから、母親らしく、母親として。

わたしは確かに母親でした。でも、物書きになりたいと誰《だれ》にも告げられない望みを抱《いだ》いていた者でもあります。その望みが叶《かな》う兆《きざ》しも見えぬまま過ぎていく一日一日に焦燥《しょうそう》を抱《かか》えた者でもありました。

そのはずなのに、人は多面体で塊では表せないと頭ではわかっていたはずなのに、一面だけを強要してくる大人を厭《いと》うていたはずなのに……。いつのまにか、あれほど厭うていたはずの大人になりきって、周りも自分も〝○○らしく（い）〟の枠内《わくない》に平気で押《お》し込《こ》めていたのです。当たり前のように押し込めていたのです。

あなたは、どうですか？

自分を枠の中に押し込めたりしていませんか。

自分を自ら大きな塊に溶かし込んで、自分の本心、本音から目を背けていませんか。あるいは、目を向けてはいけないと思い込まされてはいませんか。

人は溶けません。

ドロドロに溶けて塊の一部になったりはしないのです。溶けたように見えても、必ず個は残ります。個、です。あなたはあなた、わたしはわたしという個です。どれほどの圧が加わろうと、どれほどの熱が加わろうと溶けない個です。

人は溶けません。

でも、溶けてしまうと勘違《かんちが》いする、勘違いさせられることはあります。わたしは、勘違いしまくりでした。

自分の個はこの世に一つしかなくて、個が紡ぎ出す真実はこの世に一つしかないのです。なのに、自分の真実を見ようとしないで、世間とか社会とかの価値観に合わせた〝〇〇らしく（い）〟の中で判断しようとしていました。というか、ずっと判断してきました。物書きになりたいという夢をちゃんと語れなかったのも、その夢が世間、社会、周りの認める価値観から外れていると思ったからに他なりません。

「自分を信じて、諦めないで、努力し続ければ夢は叶う。」

耳触《みみざわ》りの良いけれど実体のない、でも誰もがよく口にする言葉をわたしも口にしていました。自分の頭と心を通した個の言葉ではなく、どこかから借りてきたに過ぎない、発信元も定かではなく、でも、万人に受け入れられ易い言葉を恥《は》ずかしげもなく振りまいていたのです。ああ、今頃《いまごろ》になって赤面してしまいます。したり顔でしゃべっていた過去の愚《おろ》かなわたしに蹴《け》りを入れてやりたい（いえ、どんな場合も暴力はいけませんね。耳元で『ちょっと、あんた、むちゃくちゃ恥《は》ずかしいよ』と囁《ささや》くぐらいにしときます）。

もちろん、自分を信じ諦めず、懸命《けんめい》に努力し続け、夢を叶えた人はいます。そういう人が自分の経験を踏《ふ》まえ言葉にすれば、それはその人の個の言葉となり、真実となります。でも、わたしの場合はそうじゃなくて、借り物の言葉を垂れ流していたに過ぎません。個など、どこにもなかったのです。

書くことが教えてくれた

このことに遅《おく》ればせながら気が付いたのは、拙《つたな》いながらこつこつと文章を綴《つづ》り、言葉と向き合い、物語を創り始めてからです。

自分の内を通さない物語は、それがどれほど巧《たく》みな文章で表現されていたとしても、読むに値しないと、わたしは思います。

書き手の個に繋《つな》がらない物語が読み手の個に響《ひび》くわけがないのです。

響かない物語をたくさん書いてきました。書いて駄目《だめ》で、書いて駄目で、書いて……その繰《く》り返《かえ》しの日々が続いていたのです。それでも、書くことに見切りをつけなかった理由は二つあります。

一つは他にやりたいことがなかったから、です。

子育てが一段落して、無理をすれば自分のための数時間を捻出《ねんしゅつ》できるようになったとき、わたしは自分に問うてみました。

さて、どうする？　と。

選択肢《せんたくし》は幾《いく》つもありました。当時、パートナーが小さな歯科医院をやっていてその事務の手伝いをしていたのですが、窓口業務も担うとか新たに働きに出るとかボランティア活動に精を出すとか趣味《しゅみ》を見つけて極めるとか、まあ、その他あれこれあったはずです。でも、どれにも心を動かされませんでした。歯科医院の事務は最低限やるとしても、それはやりたいことではなく、やらねばならないことに過ぎませんでした。新しい仕事もボランティア活動も趣味の道も選ぶ気はとんと起きないのです。

やりたいことはただ一つ、書くことだけでした。

他にやりたいことが何も出てこなかったのです。ちょっと余談になりますが、わたしは、ずっと自分に劣等感《れっとうかん》を持っていました（今でもたっぷり持っています）。中学、高校のころはそれこそ劣等感塗《まみ》れで、でもそれを気付かれたくなくて装ったり、強がったり、誤魔《ごま》化《か》したりしていました（これも今でも……です）。とりたてて成績がいいわけでも、何かの才能に秀《ひい》でているわけでも、容姿に自信があったわけでもなく、いつでもどこでも、中ぐらいの立場にいた自分を誇《ほこ》れずにいたのです（そういう自信のなさが、自分を語れなかった要因の一つかなあと、この文章を書いていて思いました）。誇れないから、他人が妬《ねた》ましくなる。クラスに一人や二人ぐらいはマルチ人間っているじゃないですか。勉強もできて、運動神経もあって、手先も器用で、しかも容姿《ようし》端麗《たんれい》……とまではいかなくても、そこそこ整った顔立ちをしていて、かつ、スタイルもいいって人。もちろん、程度もありますが、わりと何でも熟《こな》せてしまう人が、わたしは羨《うらや》ましくてなりませんでした。え、今？うーん、そうですね。やっぱり羨ましいかも。でもね、羨ましいと同時によかったなあという気持ちも、実は抱《いだ》いているのです。

よかった、一つしかやりたいこと（できること）がなくて。

と。たった一つしかないとなると、それに縋《すが》るしかなくなります。悩《なや》みも迷いもできません。これが駄目ならあっちでなんて、余《よ》裕《ゆう》はないのです。だから、わたしは、たった一つの命綱《いのちづな》（？）に縋りつきました。諦めるなんてできませんでした。これを諦めちゃうと後がない。そんな気分だったのです。

いろいろ何でもできるマルチ人間さんはもちろん素敵だし、憧《あこが》れるのだけれど、たった一つしか持たない者もいいんだよと、そういう話です。

あなたがもし、その一つさえも持っていないと感じているのならちょっと考えてみて下さい。〝やりたいこと（できること）〟って誰かが認めてくれることじゃないとダメだ、なんて思っていませんか？　たとえば、おしゃれが好きだとか、友人と楽しくおしゃべりできるとか、一人でぼーっとしているのが楽だとか、周りから良い評価を得られそうにないものを自分で排除《はいじょ》していませんか？　やりたいこと（できること）を選ぶのは自分であることを忘れていませんか？　自分の内側を探ってみて下さい。

ともかく、わたしは書きたいという一つの道しかなくて、だから、諦めも見切りもできず書き続けてきました。そして、さて、どうする？　と自分に問うたとき……。

このとき、わたしは初めて自分とちゃんと向き合った気がします。

自分で自分に問い、自分で答える。誰かに認めてもらうためではなく、自分だけの答えを見つける。そういう精神的な作業を、本当に生まれて初めてやったと思います。

だから、信じられました。

わたしは書きたいのだ。

その答えを心底から信じることができました。

それが二つ目の理由です。

ずっと周りの価値観とか常識と呼ばれるもの、あるいは、大多数の人に通用するとか、なんだかよくわからない世間、社会に合わせて物事を決めてきたわたしが、自分の頭と心で考え、導き出した答えはわたしにとって、唯一《ゆいいつ》の道標《みちしるべ》でした。

その道標を辿《たど》るように、わたしは書いてきました。その過程で、徐々《じょじょ》にですが自分の個を確認していったと思います。

わたしは何を大切にしたいのか。

わたしは何を守りたいのか。

わたしは何と闘おうとしているのか。

わたしは何を感じ、どう生きたいのか。

主語は全て〝わたし〟です。社会の常識でも、世間の物差しでも、誰かの価値観でもありません。あ、なんて、ちょっとかっこいい台詞を言いましたが一人称《いちにんしょう》で生きていきたい、一人称のわたしとして物語を創りたいというのは決意であって、現実的にできているかというと、怪《あや》しいところが多々あります。

自分で考えているつもりなのに、周りの意見に振り回されていたり、○○らしく振《ふ》る舞《ま》わねばと意に反する行動をしたり、言わねばならぬことを呑み込んだり……も、しょっちゅうです。でも、その度に、自分で自分に違和感《いわかん》を覚えるようにはなりました。

あれ、わたし、今、自分を偽《いつわ》ってるな。世間とすり合わせて、当《あ》たり障《さわ》りのないことを言ってるな。卑怯《ひきょう》な真似をしているな。

なんて、気付けるようにはなりました。気付いた後、訂正《ていせい》したり、改めて主張したりすることも、少しずつですができるようになりました（ほんとに少しずつです）。

書いてきたおかげだと思います。

書くことで自分に向き合い、自分を知って、保って、自分の芯《しん》を作っていく。

まだまだ不十分だとは百も承知していますが、よたよたしながらも前に進んではいる。

そんな気がします。

書くことでわかること

書くとは、言葉を紡ぐとはそういう力を育んでくれるものなのです。

プロの小説家になるとか、作品を仕上げるとか、そういう話をしているわけではありません。自分の想い、感情、理想、幸せ、嫉妬《しっと》、殺意、希望、絶望……。ここでも、主語は〝わたし〟ですよ。自分の内の諸々《もろもろ》を、あるいは自分の日々の風景を、できごとを言葉に、文章にして表す。その話を、わたしはしたいのです。

書くことは掻《か》くこと。

自分の内に埋《う》まっていたものを掻き出すことにもなるのです。

それは、ちょっと痛い作業ともなります。

自分の卑《いや》しさ、醜《みにく》さ、弱さなどを改めて突《つ》き付《つ》けられるからです。わたしも、心の底に隠《かく》していたそれらにぶつかり、怯《ひる》みました。

　うわあ、わたしってこんなに嫉妬深いんだ。卑小なんだ。弱くて逃《に》げてばかりだったんだ。

　なんて、唖然《あぜん》としたものです。でも、同時に、自分にだけは正直になろうとする自分が好きにもなれました。ずっと、あまり好きではなく持て余していた自分をやっと理解して、好きにもなれたのです。

　だから、あなたにも勧《すす》めたいのです。

　ノートと鉛筆《えんぴつ》を用意して、あるいはパソコンのキーボードを操作して、ぜひぜひ、言葉で文章で自分を掻き出してみましょうよ、と。

　自分を表現する。その方法はたくさんあると思います。絵を描く、彫刻《ちょうこく》する、楽器を演奏する、歌を歌う、作曲する、踊《おど》る、演じる、何かを作る……たくさん、たくさんありますよね。でも、わたしがみなさんに語れるのは、書くことだけです。他の方法をわたしは知りません。だから、たくさんあるうちの一つですが、お話ししたいと思います。もう少し具体的に書いていく過程も話したいと思います。

　ただ一つ注意点としては、どんな表現方法であっても、どうか〝個〟であることを忘れないでください。溶かされない〝個〟であることを。それを起点として生きていくのです。

でないと取り込まれますからね。巷《ちまた》にあふれている、他者の物語に。

第3章

書いてみよう

この章では、〝書く〟ことに具体的に触《ふ》れていきたいと思います。

何度も何度も同じような繰《く》り返《かえ》しで申し訳ありませんが、〝書く〟とは個を確認する作業です。

わたしたちは個です。個の物語を誰《だれ》もが持っています。書くことで、そここそを確認しましょう。個の、自分だけの物語です。〝フィクション〟とか〝ノンフィクション〟とか、ジャンルは関わりありません。あなたが語る、あなたしか語れないストーリーのことです。

あっ、誤解しないでくださいね。

自分だけの物語とは、自分だけがわかっていればいい、というような独りよがりなものではありません。そういう意味じゃないんですよ。物語とは読者、つまり、他者を獲得《かくとく》できたとき初めて物語としての一歩を踏《ふ》み出《だ》します。でも読者の数は関わりありません。たった一人でも百万人であってもいいのです（専業作家からすれば百万人の読者なんて、隠《かく》し金山や伝説の秘宝に匹敵《ひってき》する気がします）。

一九七三年、アメリカのヘンリー・ダーガーという作家は、生前一作も世に出すことはなく、周りの誰にも創作活動を知られることなく、自らが望んで入所した老人ホームで亡くなりました。死後、彼《かれ》の遺品の中から一万五千ページにわたる長編とその挿絵《さしえ》が発見され、話題となったとか（わたしはその事実をさる本で知り、いたく驚《おどろ》きました）。ヘンリー・ダーガーは〝書きたい〟という純粋《じゅんすい》な創作意欲だけで生きていたわけです。ある意味、究極の天才だったのでしょうか。

ダーガーのような作家は稀《まれ》も稀、誰も真似《まね》できないし、する必要もないと思います。

わたしだけの、あなただけの個の物語を書き上げ、それを他者に伝える。

それこそが必要なのだと信じています。

前章でも書いたように、囲《かこ》い込《こ》まれ、溶《と》かされ、容易《たやす》く数値化されてしまう。それが、わたしたちです。例えば、戦場で、災害の地で数え上げられる死者数にわたしたちは憤《いきどお》り、悲しみ、嘆《なげ》きます。そしていつか、それを忘れてしまいます。

数字は忘れられてしまうのです。

死者百人と報じられたとき、その百人に一つ一つの命と過去と暮らしがあったと心を馳《は》せられる人がどれだけいるでしょう。

わたしには、なかなか難しいです。

「そんなにたくさんの人が亡くなったの」とか「かわいそうに」とか、せいぜい「○歳《さい》で亡くなるなんて、辛《つら》いよね」なんて、ため息を吐《つ》くぐらいです。

でも、わたしたちは数字ではありません。笑って泣いて、他人を愛したり憎《にく》んだり、僻《ひが》んだり羨《うらや》んだり、救ったり救われたりして生きてきた人間です。

書くことで、数字ではないわたしという個、あなたという人間を示すのです。自分自身に、他の誰かに示すのです。わたしたちをただの数字に貶《おとし》め、人間として扱《あつか》おうとしない者たちと戦うのです。ここに個があると伝えるのです。

そのために、書くのです。

むろん、戦うべき相手は、わたしたちの内側にも外側にもいます。そのことを心に留めておいてください。

言葉を点検してみよう①

わたしたちの武器は言葉です。まずは、この武器を点検してみましょう。兵站《へいたん》は大切です。自分がどんな武器をどの程度備えているか、知らねばなりません。そして、その武器をさらに磨《みが》き上《あ》げ、精度を上げ、種類を増やしていかねば……うん？ ちょっと、譬《たと》えが好戦的過ぎるかな。えっと、そうそう武器とは言葉です。書くとは言葉を使っての表現活動です。だから、戦い、戦争とはまったく真逆のところにあります。

「問答無用」って知っていますか。議論の必要などないという意味ですね。つまり、言葉のやりとりをあからさまに否定、拒否《きょひ》しているのです。この一言の後、人と人がにこやかに握手《あくしゅ》したり、抱擁《ほうよう》したりなんて光景はあまり想像できない気がしませんか。私はまるで、できません。殴《なぐ》ったり、蹴《け》ったり、さらに銃《じゅう》を撃《う》ったり、刀を抜《ぬ》いたり、さらにさらにミサイルの発射ボタンを押《お》したりする場面となら、容易に結びつきますが。つまり言葉を否定、拒否したところに暴力が芽生えるのです。逆に言えば、言葉が存在すればそこに理解や共感を生み出す余地ができます。

国と国も、人と人も。

ではいよいよ実践《じっせん》に入ります。

まずは、自分がどれくらい言葉を扱《あつか》えるかの確認です。

あかいはなたば

これを別の表現に変えてみてください。あっ、そんなに難しく考えることはありません。表現に上手下手はありません。ただ、深い浅いはあります。お宝はたいてい深い海底に沈《しず》んでいたり、地中深くに埋《う》まっていたりするではないですか。いや、これもかなりパターン化した思考ですね。

あかいはなたば

さて、あなたは、この一言からどんな表現を引き出しますか。

ノートを開いて、あるいはパソコンの前であなたの文章を綴《つづ》ってみてください。メモ帳の端《はし》でも、スマホでも、どんな道具でも構いません。できれば、あなたが自分に向き合える最適な道具と場所と時刻であったらいいですね。でも、ご飯を食べながらでも、暇潰《ひまつぶ》しにでも、ちょっと忙《いそが》しくてイライラしながらでも問題ないです。どんなときも、あなたはあなた、他の誰でもありませんからね。

まずはわたしがメモしてみましょう。

あかいはなたば
・赤い大小の花が束になっている
・赤いチューリップの花束

・炎《ほのお》のような花の一束
・紅色の花弁を開いた大きなアマリリス。その周りを薄桃《うすもも》色のレースのようなカスミソウが囲んでいる
・赤いカーネーションが二本、花と同じ色のリボンに括《くく》られて、机の上に置いてあった
・毒々しい真っ赤な造花が大きな塊《かたまり》として飾《かざ》られている
・きれいな薄紅色のブーケ
・気分が悪くなるような嫌《いや》な色の花たち
・飼い犬の口の中と同じ色をした花の束だ

「あかいはなたば」から、あなたの紡《つむ》ぎ出《だ》した言葉はどんなものでしょう。たくさん書けましたか。一つしか思《おも》い浮《う》かばなかったですか。多ければいいわけではありません。次から次へと言葉が浮かんでくる時って、自分で考えているようで、実はありふれた表現を適当に組み合わせているだけのこともあります。自分の独自の思考ではなく、既製品《きせいひん》を器用

に使っているのですね。そこは、ご用心、ご用心。けれど、次から次へと浮かぶほど言葉を知っているのは、あなたの強みです。強力な武器……じゃなくて、確かな力になります。

では、次は

あおいそら

でいってみましょうか。

「あおいそら」をあなたなりに表現してみてください。

わたしはこのように書いてみました。

・真っ青な五月の空が広がっている
・雲の切れ間から海に似た青色が覗《のぞ》いた
・紫《むらさき》がかった青色の空だ
・今日の空は青ざめた病人のようだ
・青いはずなのに灰色に見える空。晴れて青いのに、ちっとも気持ちよくない空。

見飽《みあ》きた空の色です
・水面に映った青い空と緑の山々が美しい
・いままで雨が降っていたのに、見上げると空は晴れていた。よく磨《みが》き込《こ》まれた青いガラス玉のようにピカピカ光っている空だった

どうでしたか？

我ながら上手く書けたと満足できた人も、イマイチ、何も浮かんでこなかったと不満な人も、意外なほどすらっと言葉が浮かんだ人もいたでしょう。

それぞれです。ともかく、こうやって幾《いく》つかのお題を設定して、思いつくままに綴ってみてください。お題は単純なほうがいいと思います。形容する言葉が入るとイメージを引き出しやすいかもしれません。

「しろいふく」とか「おおきないきもの」とか「まるくてあかいはこ」とか、あまり長くないものがいいです。長いとそれだけイメージを固定化する言葉が出てきやすくなりますからね。これは一人でやってもいいですが、他の人と一緒《いっしょ》にゲーム感覚で楽しむこともで

きるかもしれません。

さてさて、ついさっき、長いお題はイメージを固定化させると言いましたが、固定化させるものとも対峙《たいじ》してみましょうか。さらに深く、表現を掘《ほ》り下《さ》げるのです。

表現とは掘る作業です。例えば、機械を使えばまっすぐに深く掘り進めることは可能です。でも人力となるとそうはいきません。なにしろ、表現という層は一メートル、いや、十センチ先に何が埋《う》もれているか想像も付かないのです。とんでもなく硬《かた》い岩盤《がんばん》があるかもしれず、地下水脈に突《つ》きあたるかもしれず、金鉱やマグマ溜《だ》まりに出会うかもしれません。また、まっすぐ掘っていたつもりだったのに、知らぬ間に横に逸《そ》れていたり、くねくね曲がってしまったり、途中《とちゅう》でシャベルが折れるアクシデントに見舞《みま》われたり、鍾乳《しょうにゅう》洞《どう》に辿《たど》り着いたり、予測不能、一寸先は闇《やみ》か光かだれにもわからない。しかも、個々で地質じゃなくて表現質（？）が違《ちが》う。

開けてびっくり玉手箱、舌切り雀《すずめ》のつづらの中身です。

これが、多分、ＡＩ（機械）とあなた（人間）の表現の違いでしょう。与《あた》えられた課題をより効果的な、より精巧緻密《せいこうちみつ》な、より正確な表現に導くものと、課題から外れてもあな

ただけの掘り方でもたもたと進んでいくものと。どちらかが良い悪い、勝ち負けではありませんが、あなたの掘り進み方は他人にはもちろんＡＩにも真似できない、とそれだけを言いたいのです。

ものを表現していく上で、もたもたはとても大事だとわたしは思います。

言葉を点検してみよう②

第二歩目はもう少し長いお題で、やってみましょう。

雪原の上についている二つの足跡《あしあと》

小さな島にあるとんがり屋根の教会

登校中の小学生を窓から見ている黒い猫《ねこ》

これらをもとにして、想像を働かせ、文章を綴ってみてください。
わたしも書いてみました。

・真っ白な雪の上には小さな丸い足跡と二回りも大きな、やはり丸い足跡がついている。この二つの足跡を辿《たど》って行ったら何があるのだろう。真っ白な雪の上に乱れた足跡があって、赤い血が散っているのだろうか。

・とんがり屋根の教会には、海からの風が吹《ふ》きつけていた。窓が開いているのか、風に乗って讃美歌《さんびか》が聞こえてきた。

・わたしは猫です。とても年寄りの猫です。もとは黒猫だったけれど、毛の色も褪《あ》せて、ぼさぼさの灰色猫に見えるようです。わたしは、朝、暖かな窓辺に座って外を眺《なが》めるのが好きでした。七時を回るころ、窓の下を近所の小学生たちが通ります。

一年生から六年生まで、五、六人が歩いて学校に向かいます。その中に、ちょっと気になる男の子がいました。

あなたは書けましたか？

雪の足跡を二匹《にひき》の犬が遊んでいる風景や親と子ども、あるいは恋人同士《こいびとどうし》の追いかけっこの光景に結び付けた人がいるかもしれませんね。もしかしたら、犯罪者と刑事《けいじ》みたいな組み合わせもありかも……。

教会での結婚式《けっこんしき》かお葬式《そうしき》の話を書いた人も、子ども嫌《ぎら》いの大猫を主人公にした人も、猫は猫でも招き猫やヌイグルミにしちゃった人もいるかと……さて、どうでしょうか。

でも、わたしが書いた雪の上での狩《か》るものと狩られるものの一文なんて、イメージの固定化そのものですね。教会から讃美歌が聞こえてくるのも、窓辺に老いた猫が座っているのも、パターンです。さらに言うなら、猫が気になる男の子（猫が男の子を気にする）という設定も、ガチガチのパターン、どこかで聞いたことも読んだこともあるような展開ではないですか。うわわわわっ、は、恥《は》ずかしい。

いえいえ、違います。違うんですよ。

これはわざとです。みなさんに、イメージの固定化、表現のパターン化とは何かを具体的に示すために、わたしはわざと……嘘《うそ》です。真っ赤な嘘です。わざとなんかじゃありません。わたしなりに、お題に沿って本気で考えて書いてみたのです。で、こんな、どこにでも転がっている話を書いちゃいました。

それはなぜか？　なぜイメージの固定化、表現のパターン化に陥《おちい》ってしまうのか……。たぶん、心を書くことにきちんと向けていなかったからでしょう。だから、ついつい、流されてありきたりの筋書きを摑《つか》んでしまったのです。

それが真実。要はわたしの甘《あま》さが悪因なのです。とほっ。

だから、やはり、もたもたは大切ですね。みなさんは、本を出版したいとか作家になりたいとかではなく、文章で何かを表現したいと考えているのでしょう（むろん、その先に出版とか作家になるとかの結果はあるかもしれませんが）。だとしたら、もたもたしてください。じっくり考えて、自分の内側に何があるのか迷いながら、戸惑《とまど》いながら文章にしてください。

わたしは、さっきパターン化を恥《は》じましたが、これはプロなら本当に恥ずかしい、穴があったら入りたい、穴がなければ自分で掘って入りたいというレベルの羞恥《しゅうち》です。けれど、みなさんは、今、ともかく書いてください。これはパターン化していないかとか、既成《きせい》の物語に似ていないかなんて、ひとまず横に置いて、まずは書いてみてください。

ストーリーなんかむちゃくちゃでいいのです。なくてもいいのです。Xで呟《つぶや》くように、ブログやラインで発信するように、でも、これについて書く（テーマとかお題ですね）という縛《しば》りを自分に課して書いてみてください。

SNSとこうやって文章を綴ることと何が決定的に違うかというと、自分を意識するか他人を意識するか、です。SNSだと、他者を意識せざるを得ません。相手がいる、しかも、複数の相手がいるのですから。でも、自分に向かって書くとき、最初は自分しかいません。つまり、自分が自分にむきあうことになるのです。

他者を知ることは楽しいです。世界が広がることもあるでしょう。でも、自分を知ることも楽しい……だけではないけれど、豊饒《ほうじょう》なのは間違いありません。まずは、自分を知った上で外へとつながっていく。自分を知りながら他者とつながっていく。そのために、書いてみてください。

書けば書くほど、あなたの書く力は鍛《きた》えられます。スポーツ選手がトレーニングで筋力を鍛えるのと同じです。筋力トレーニングには様々な方法があるのでしょうが（呼吸法とか食事とかストレッチとか。わたしは引《ひ》き締《し》まったかっこいい身体に憧れはするけれど、いろいろ努力するのが嫌《きら》いなので筋トレには近づきません）、書く力を身に付ける方法は、基本的に二つしかありません。

書き続けることと読み続けることです。

この二つで確実に力はつきます。

ある程度までは。

その程度がどの程度なのか、わたしには、はっきりわかっていません。でもおそらく、文章で自分の一部（全てではありません）を表現できたり、今この時の想《おも》いを伝えられたりするレベルではないのかなあと考えています。

それって、すごいことですよね。すごい力ではないですか。

以上、言葉の点検作業でした。

ここまで、お題に沿って、幾《いく》つかの文章を書いてくれましたね。では、一旦《いったん》、ノートを閉じてください。一文でも二文でも、短くても単純でも、書けたのなら、あなたの内にはたくさんの豊かな言葉が育まれている証《あかし》です。芋《いも》づる式と言いますが、一つの言葉を知っているとその先に、幾つもの幾十もの言葉が連なっているのです。土に埋もれているだけではいくら数があっても、使い物にはなりません。だから、引っ張り出しましょう。お芋を掘るみたいに。

根っこの先には大小たくさんの言葉が実っているはずです。

もう一度、言葉の点検を繰《く》り返《かえ》してみよう

ノートを閉じたら、次は読み手になってください。お気に入りの本を読みふけってみてくれませんか。何冊でも構いません。三日、五日、一週間、読書の時間を少しだけでもいいので取ってみてください。小説でもマンガでもエッセイでもかまいません。短くても長

くてもいいのです。あなたが読めるもの、読みたいもの、あなた自身が選んだもの、それが唯一《ゆいいつ》の条件です。

そして、その上で、もう一度、書くことに挑戦《ちょうせん》してみてください。

「あかいはなたば」、「あおいそら」、「おおきないきもの」……。また、雪の上の足跡や猫と小学生などといったお題に時間をかけて挑《いど》んでみてください。

この前とは、違う何かがあなたの表現に加わっているでしょう。あなたは一冊かそれ以上の本を読みました。言葉を獲得《かくとく》したのです。土の中に眠《ねむ》っていた言葉も自分の物にできたかもしれません。だから、あなたの表現、あなたの文章は前回に比べて確実に豊かで、個性的なものになりました。思考も発想もそうです。

「あかいはなたば」は「赤い花束」ではなく「赤井はなたば」という少女の名前かもしれません。「あおいそら」も「蒼井天《あおいそら》」という少年の名かもしれません。

白い雪は実は小麦粉かもしれないし、足跡は未知の生き物のものかもしれません。教会には手傷を負った兵士が匿《かくま》われ、猫と小学生は何か大切な約束を取り交わしているのかも……。想像を膨《ふく》らませ、書いて書いて、自分を耕してください。もたもたと丁寧《ていねい》に耕された大地はやがて大きな実りをもたらします。あなたは、自分の内の大地に気付くべきです。これほど実り豊かな自分を知るべきなのです。

さて、言葉の点検ができたので、次はさらに実践《じっせん》の道を進みます。

第4章

字スケッチをしてみよう

揺《ゆ》れながら書いてみる

さあ、心機一転、緊褌《きんこん》一番、ここから字スケッチについて話を進めたいと思います。あら？　今書いてみて気が付きました。緊褌一番の褌って〝ふんどし〟のことなんですね。そういえば、かたく決心をし、覚悟《かくご》して事に当たることを『褌《ふんどし》を締《し》めてかかる』と表現したりしますね。みなさんは褌なんて見たことないでしょうが、確かに、下半身をぎゅっと締めると、背筋が伸《の》びたりするんですよ。

下半身は大事です。肉体ではなく精神の

下半身。つまり、他人の言葉や物語に惑《まど》わされず踏《ふ》ん張《ば》れる、精神的な足腰《あしこし》のことです。そこをきゅっと締めて、力を込《こ》めて立つ。そして、上半身を使って書くのです。上半身は揺れても構いません。揺れて、迷って、悩《なや》んで、諦《あきら》めて、諦められなくて……あちらにふらふら、こちらにふらふらして構わないのです。むしろ、書くためにはふらふらこそが必要です。揺れない、迷わない、悩まないし失敗もしない、挫《ざ》折《せつ》も知らなければ、自分を嫌《きら》いになったこともない、なんて人が物語を書けるとは思えません。

揺れて、揺れて、揺れながら人は物語を生みだすのです。そして、揺れる上半身を下半身がしっかりと支える。だから、流されません。「世間の常識」とか「同調圧力」とか「大きな声と力を持っている人たち」に負けずに踏ん張っていられるのです。

では字スケッチについて、進めていきます。

簡単に言ってしまうと、つまり、字で、文章でスケッチをするのです。

それ以上でもそれ以下でもありません。

え？　簡単すぎる？　そうですか……そうですよね。

絵の上手い人って、スケッチブックの上にさらさらと風景を写し取ったりしますよね。

字スケッチはこれを、描《か》くのではなく書く、文字で切り取ってみようというものです。

メモからはじめる

例えば、今朝、あなたは何を見ましたか。そう、あなたというたった一人の人間が何を見たか。それを記憶《きおく》の中から摘《つ》まみ上《あ》げてみて下さい。

スケッチブックならぬノート（あるいは手帳でもメモ帳でもかまいません。もちろん、スマホの記録機能を使うのもありです。どんな方法でもいいので、文字として何かに残しておいてもらいたいのです）に、ざっと書き出してみてください。箇条《かじょうが》書きでも、思いつくままに単語を並べるだけでもいいのです。

◆見えたもの◆

窓、朝日、ハンカチ、トースト、塩おにぎり、カーテン、緑の葉っぱ、家族、エプロン、食器、子犬、老いた猫《ねこ》、笑顔、泣き顔、葉っぱの水滴《すいてき》、制服、自転車、マグカップ、教科書、スニーカー、ローファー、花の群れ、トマトの切《き》れ端《はし》、サラダ……

思い出せる限りのものを記してみて。
つぎに、今朝、あなたは何を聞きましたか。
これも、思いのままに書いてみてください。数の多寡《たか》に拘《こだわ》る必要は全くありません。

◆聞いたもの◆
鳥の声、笑い声、泣き声、怒鳴《どな》り声、ピアノの響き、テレビの音楽、雨垂れ、風音、クラクション、パトカーのサイレン、川のせせらぎ、虫の羽音、独り言、囁《ささや》き、挨拶《あいさつ》、誰かのクシャミ、ため息、水洗トイレの水の流れる音……

そして、何を嗅《か》いだかも。

◆嗅いだもの◆
玉子焼きの匂《にお》い、なにかの焦《こ》げた臭《にお》い、花の香《かお》り、果物の香り、風の匂い、土の香《か》、チョコレートの芳香《ほうこう》、ワサビの刺激臭《しげきしゅう》……

味はどうでしょうか。

◆味わったもの◆
味噌汁《みそしる》、目玉焼き、焦《こ》げ過ぎたトースト、コンビニで昨日買ったスイーツの残り、海苔《のり》、吸い込んだ朝の空気、歯磨《はみが》き、甘《あま》いジュース、水、ミルクたっぷりのコーヒー……

どうでしたか？
じっくり思い返してみれば、意外なほど多くのものを見て、聞いて、嗅いで、味わっているでしょう。何も浮《う》かばなかったという人も、それはそれでいいです。

明日の朝からちょっとだけ意識してみてください。

ノートに書き留めるために、何を見たか、聞いたか、嗅いだか、味わったか。意識してほしいのです。みなさんのペース、自分の気分のままに。

そう、縛《しば》られないこと。自由であること。

これが肝要《かんよう》なのです。

ここまでにこれを仕上げなくちゃならない。

この一ページをちゃんと埋《う》めなくちゃならない。

この時間にこれを始めなきゃならない。

そんな「〜ならない」は、いりません。誰《だれ》かに提出して、評価を受けるものでもありません。あなたの心のままに、縛られないで、自由に、好きに書いてみてください。

そして、一週間ほどメモをしたら、その中から、各ジャンルごとに二つか三つ、題材を選んでください。

〝見る〟というジャンルなら、サラダ。笑顔。

〝聞く〟なら、クラクション。虫の羽音。

窓
老いた猫
制服
マグカップ
目玉焼き
カーテン
トースト

というように、です。あなたの今の気分に沿って。

そして、ノートの新しいページに、その言葉の風景をスケッチしてみましょう。もちろん文字で、言葉で、文章で。ただし、その前にここで心がけてほしい点をお伝えします。まずはなるべく現実に忠実に、フィクションを加えないで、やってみてください。なるべくで、いいです。

字スケッチ1・0の例

〈サラダの描写《びょうしゃ》1・0〉

ガラスの小さな容器に、レタスが敷《し》かれている。その上には八分の一に切り分けられたトマトが二切れと千切りキャベツ、茹《ゆ》でたブロッコリーが少々、そして半熟卵が半分とロースハムが盛り付けられていた。トマトはとても赤い色をしていた。

〈クラクションの描写１・０〉
黒いセダンがクラクションを鳴らした。唐突《とうとつ》に二回、パッパー、パッパーと音が響《ひび》いた。四方にこだまするような大きな音だった。

こんな感じでしょうか。見たものをそのまま書き表すのは、比較的《ひかくてき》、簡単かもしれません。聞いたものや嗅いだもの、味わったものは少し難易度が高いです。

ここでは素直になって書いてみてください。

うまく表現しようとか、リアルに感じられるような文章を書こうとか、力を入れないでほしいのです。ここらあたりまでは、誰からの感想も評価も意見も無用です。まずはあなた自身が唯一《ゆいいつ》の読者、それでいいのです。

わたしは前に読者を一人でも得た時点で、物語は物語として成り立つと記しました。これは、わたし個人の理屈《りくつ》に過ぎないのですが、たぶんそんなに的外れじゃないと思います。

あなたが本気で紡《つむ》いだ物語を本気で読んで、正直に遠慮《えんりょ》なく、でも誠意をもって読んでくれる人が一人でもいたら、あなたは幸せで優れた書き手です。でも、他人が本気で読んで、感想を語りたいと思えるような物語がそうそう容易《たやす》く書けるはずがありません。だから、書くためのトレーニングが必要なのです。

そのトレーニング方法をあなたに伝えたい、いや、一緒《いっしょ》に考えていけたらと思っています。ただ、今は基礎《きそ》トレーニングの段階です。ここで、力んではいけません。むしろ、気を緩《ゆる》めて、気軽に、できたらちょっと楽しいなぐらいのノリでやってみてください。

無作為《むさくい》に単語を選んでみる

さて、今度は書き連ねた単語の中からもう一度、一つだけを選んで字スケッチをします。けれど、今度は自分の意志を使わないやり方で。

つまり、単語を並べた紙を、目を閉じて指先で押《お》さえるとか、猫《ねこ》が歩いたところにあった単語にするとか、妹に頼《たの》んで選んでもらうとか、ダーツの的に張って矢が当たったものにするとか、まあいろいろあると思いますが、自分で選ばないというのがポイント。

一度目は自分で選びましたよね。そういうときって、どうしても、自分の書きやすい材料を選びがちなのです。無意識にね。ただ、一回目であなたはサラダなりクラクションなりを選び、文章化しました。それによって、あなたの〝書く力〟は確実に一段と強く、逞《たくま》しくなっているはずです。筋トレだってそうですよね。やればやるほど筋力はつく。ある程度まででしょうが、トレーニングの効果は如実《にょじつ》に、あるいは徐々《じょじょ》に現れてきます。

あなたは身に付いた〝書く力〟で、自分の意に関わりなく選んだ言葉を展開していきましょう。あなたの朝があなたの文章によって、表現されるのです。そんなことを、できたら毎日続けてみて下さい。

さて、無作為に選んだ単語を文章化してみてどうでしたか。意外に難しかったでしょうか。それほどでもなかったでしょうか。あなたが字スケッチに回せる時間に、もう少しだけ余《よ》裕《ゆう》があるなら、さらに無作為に対象物を選んで、スケッチを続けてみてください。余裕があればで、いいです。ゲームに飽《あ》きたり、宿題をする気が起きなかったり、思いがけない暇《ひま》ができたりしたときで、ね。

先にも書きましたが、力を入れてはいけません。柔《やわ》らかく、好きなように、気ままに、何にも囚《とら》われず。

本来、〝書く〟とは自由なものなのです。自分を自由に解き放つためのものなのです。だから、制約を課してはいけません。この日までに、ここまでやらなきゃいけない。毎日、これをやらなきゃいけない。そういうのはナシです。本末転倒《ほんまつてんとう》というか、書くことがノルマになり、目的になってしまうと困りますからね。

あなたの心のままに、書くことと向き合ってください。

ところで、もし、もしですよ、あなたがプロの作家になりたいとか、物語を一作でも完成させたいとかの想《おも》いを抱《いだ》いているのなら、毎日、一行でも文章を書くことを、わたしはあなたに勧《すす》めます。地道な基礎《きそ》トレこそがプロへの道となるのは、スポーツだけじゃないんです。むろん、基礎トレ不要の圧倒的《あっとうてき》な天才というのはどんな世界でもいるのでしょうが。そういう破格の天才については、わたしは何も語れません。未知の領域なので。

書くことが好き。いつか自分の物語を書き上げたい。ずっと書き続けられる者でいたい。あなたの中にそんな感情があるとしたら、あなたはノルマでも目的でもなく、自分のために自分の文章を綴《つづ》ることができます。

字スケッチ1・1の例

では、次に移ります。

今度は、そこに〝人〟を加えてみてください。

そことは、あなたが選んだ題材のことです。わたしの場合はサラダとクラクションでした。そこに人を加えると……。

〈サラダの描写1・1〉

今朝、わたしはサラダを作った。レタスとブロッコリーとトマトと茹《ゆ》で卵とハム。それを三人前も作った。一つはわたしが、一つは弟が、一つはお母さんが食べた。弟もお母さんもおいしいと言ってくれた。弟にわたしの茹で卵を半分、あげた。

〈クラクションの描写1・1〉

黒いセダンがクラクションを鳴らした。わたしは、すごくびっくりした。道を歩いていたおばあさんもびっくりしたようで立ち止まっていた。おばあさんは、わたしが歩き出しても、その場から動かずにいた。黒いセダンは、とっくに見えなくなっていた。

あなたの選んだ題材に人が絡《から》められないとしたら、他のものに変えてもいいです。例えば、鳥とか虫とかでもかまいません。何か別のものを加えて書き直す。それをやってもらいたいのです。できれば、生きていて動いているものがいいかなあ。そのほうが書き易いのです。静止しているもの、動かないものばかりの世界を描写《びょうしゃ》するのって、意外に難しい気がします。それも、題材によりますけれど。

それから、もし、字スケッチをすることが辛《つら》かったら止めてくださいね。

朝は一日の始まりだけれど、いつも希望に彩《いろど》られているわけではありません。

絶望とか失望とか、怯《おび》えとか落胆《らくたん》とか、そういう触《ふ》れたくないものに繋《つな》がっていることもたくさんあるのです。朝の光が眩《まぶ》しければ眩しいほど心が沈《しず》むことも、空の色が美しければ美しいほど身体が重くなることも多々あります。

そういうときは、思い出さないで。何も考えずじっとしていてください。動かないことが、何もしないことが最良である。そんな日もあるのです。

そして、そろりとでも動けだせたとき、この字スケッチのことをちらっとでも思い出してくれたら……と、望みます。

では、このあたりで小休憩《しょうきゅうけい》をとりましょうか。

字スケッチゲームをやってみよう

もし、あなたの周りにあなたと同じように文章を書くのが好きな人、書くことに興味がある人がいて、その人と共有できる時間をあなたが持っているなら、ここでちょっとしたアナログなゲームをしてみましょうか。

二人、あるいは三人か四人かわかりませんが、ゲームプレイヤーみんなの見えるところに、対象物を置きます。盛り付けられた野菜サラダでも、花瓶《かびん》とバラの花でも、犬のぬいぐるみでも、推《お》しの写真でも、玩具《がんぐ》のムカデでも、どこかで拾ってきた大きな石でも、何でもいいです。

それを字スケッチしてみてください。まずは、見たまま嗅いだまま聞いたままを書き取るのです。これには、制限時間を決めますか。ゲームなんですから。

じゃあ、例えば五分と決めましょう。

五分間、あなたはノートなりスマホなりに、目の前の対象物を文字で写し取ります。できましたか？ では、それを他の誰かの書いたものと比べてみてください。お互《たが》いに音読するもよし、交換《こうかん》して精読するもよし。

目の前にあるのは、全く同じ物なのに、同じように見て、嗅いで、聞いていたはずなのに、微妙《びみょう》に違《ちが》っている、いや、微妙を超《こ》えてかなり違っている。驚《おどろ》きだ。

わりと高確率で、そんな状況《じょうきょう》になるのです。なって当然、それが感性の違い、表現の違いなのですから。書き手によって、物の姿が変わっていく。まあ、考えてみれば絵画だってそうですよね。絵画ほどわかり易くはないでしょうが、字スケッチでも個々の違い、何をどう捉《とら》え、どう表すか、その異なり方がおもしろかったりもするのです。もしかしたら、相手のスケッチの内にあなたの知らない相手の一部分を感じたりするかもしれませんね。

　このゲームの面白さは文章では上手く伝わらないかもしれませんが、わりと笑えるゲームなんですよ。他人とのズレや違いを厭《いと》うたり、拒《こば》んだりするのではなく、愉快《ゆかい》だと感じ取れる心さえあれば、楽しいし笑えます。おもしろいです。

フィクションを書いてみよう

ということで、さらに段階を進めていきましょう。

ただ、スケッチはここで終わりです。忠実に正確に風景を写し取るという意味では、ですが。ええ、ここからは、創作、つまりフィクションを混ぜ込んでいきましょう。

あなたの想像力と創作力と現実を混ぜて、こねて、現実に似て非なる形を作るのです。

あら、スケッチじゃなくて造形に近くなりますね。

フィクションの部分は大きくても小さくても、いいです。現実と繋がっていて、一読しただけではフィクションの部分がわからないものでも、ファンタジー要素が強くて明らかに現実との色分けができるものでも、その中間でも、ミステリー仕立てになっているものでも、あなたにお任せです。

きれいに完結するストーリーは考える必要はありません。物語として成り立っていなくていいのです。起承転結も序破急も筋書きも、そういった決まりごとはまずはどこかに片付けて、ただ、ただ、書いてみるのです。下手にまとめようとすると、表現の広がりを阻《そ》害《がい》することになりかねません。今は、自分の言葉、自分の表現を育てるときです。無難にまとまっただけの、よくある上手なお話など捨ててしまいましょう。

あなたが「自分の言葉だ、自分の想いだ」と、そう思えるような文章を生みだすため、それだけを心に留めてください。

〈サラダの描写2・0〉

今朝、わたしは野菜サラダを作った。母と弟に食べてもらいたいと思ったのだ。ブロッコリーは少し茹で過ぎたけれど、キャベツの千切りもトマトの切り方も上手にできた。ついでに、カフェオレも作ろう。コーヒー類はそんなに好きじゃないけれど、香りは好き。頭がすっきりする。ミルクがたっぷり入った温かなカフェオレをわたしと母の分二杯《にはい》、作ろう。

とても天気のいい日で、空は青く、窓ガラスを通して光が差し込んでくる。見慣れたキッチンやリビングが、何だか豪華《ごうか》に見えて、わたしは少しうきうきしていた。

そのとき、真っ白な猫が庭をよぎった。

ほんとうに、真っ白で全身が太陽の光を浴びてきらきら輝《かがや》いている。

あれ？　と、わたしは思った。

この猫、どこかで見たことある気がする……。

〈クラクションの描写2・0〉

黒のセダンがクラクションを鳴らし、ものすごい勢いで曲がり角に消えてすぐ、パトカーのサイレンが聞こえた。それは、あっという間に近づいてきて、パトカーが現れ、あっという間に角を曲がって行った。

「ねえねえ、あなた」

おばあさんが、わたしに声を掛《か》けてきた。

「何があったんでしょうね」

「さあ……わかりません」

「わからないわよね。でも、パトカーが追いかけているんだから、あの車の人、何か悪いことをしたんでしょうね。殺人とか、強盗《ごうとう》とか」

わたしは、こんなおばあさんが、さらっと「殺人」なんて言うのに驚いてしまった。

と、いろんなものを詰《つ》め込《こ》んで書いてみてください。

　ここも段階を踏《ふ》んで進まなきゃいけないというルールはありません。ずっと、思いついた単語を書き連ねていてもいいし、字スケッチの段階を踏まず最初から、フィクション混じりの文章に挑戦《ちょうせん》してみてもいいと思います。ただ、その場合も、なにを題材として書くかということだけは決めておいてください。決めておくのは、そこだけで十分です。

　自分で物語を書くとは、自分を解き放つことです。心を解《ほど》き、現実とは異なる世界を生み出すことです。その世界は深くて豊かで、あなたが現実で生きていく支えになると思います。サラダとクラクションから、あなたはあなたしか見えない世界を他者にも理解できるものに変えました。この先、さらに詳《くわ》しく濃《こ》くしていけるかもしれません。とても楽しみです。

　ということで、スケッチと造形とができたら、ほぼ大丈夫《だいじょうぶ》です。あなたはあなたを表現する力、つまりあなただけの物語を書く力を手に入れようとしています。

第5章

自分の物語は

わたしが伝えたいこと

さて、ことほどさように、わたしは未《いま》だに〝書く〟という行為《こうい》がどういうものか、その意味も正しい方法もわかってはいないのです。正しい方法とやらが存在するのかも、わかっていません。

では、この本を通して何を伝えたいか。

あえて言えば、自分の言葉、自分の思考、自分の表現こそが最強の自己防衛になるということでしょうか。それくらいは、真理として摑《つか》んでいる……気がします。

前章でわたしは、あなたはあなたを表現

する力を手に入れようとしていると、伝えました、そこに嘘《うそ》はありません。だから、何度でも告げたいと思います。

あなたはあなたを表現する力を手に入れようとしています。と。

そして、もう一つ。

人は人であって、決して人形にはなれない。他者に操られるだけの存在ではないのです。

そこもまた、心底から告げたいのです。

人と人形を分かつもの、その一つが表現する力なのです。ええ、一つに過ぎません。きっと、他にも多くではないけれど、あると思います。

ただ、わたしは表現、しかも、その内のさらに限られた〝書く〟というジャンルについてしか、語れませんし、同時に〝書く〟ことについては、お話しできるという自負はあります。

わたしは卑小《ひしょう》で、往生際《おうじょうぎわ》が悪くて、そのくせ見栄っ張りで他人に少しでもよく見られたい、褒《ほ》められたい、認められたいという欲望から逃《のが》れきれない自分に辟易《へきえき》はしているのです。ただ、わたしは、まがりなりにも何十年も物書きを続けてきました。出来の良し悪しは別にして、文章を綴《つづ》り、物語を創ってきたのです。

そのなかで、わたしはわたしの卑小さや足掻《あが》きや自分への嫌悪《けんお》を受け止めてきました。受け止めて、じっくり眺《なが》め、手を加え、さまざまな人たち（わたしの物語の登場人物たちです）に託《たく》してきました。

そうすると、気付くのです。

そうか、わたしはこんな風に他人を見ていたのか。こんな生き方を望んでいたのか。これに囚《とら》われて、ずっと引きずっているのか。あの人に嫉妬《しっと》していたのか。怨《うら》んでいたのか。憧《あこが》れていたのか。こういう未来を夢見ているのか。ここに共感するのか。反発を覚えるのか。好きなのか。厭《いと》うているのか。許せないのか。許してもらいたいのか。

わたしの内にあって、わたしを形作っていたものの一部に気が付くのです。

ええもちろん一部です。自分自身も含《ふく》めて、人というものは得体が知れません。底などないようにさえ感じます。おそらく、自分がどういう人間なのか、百パーセント理解して死んでいく人なんていないんじゃないでしょうか。理解できたと思い込んでいる人はいるかもしれませんが。

まっ、理解なんてしなくていいんでしょうね、きっと。

ですから、簡単に「あなたのことが、わかる」という台詞《せりふ》にはちょっと用心してくださいね。

うさんくさいです。

「あなたのことを理解したい」、「わかりたい」、「知りたい」ならいいのですが、自信たっぷりに「あなたのことがわかる」と言われたら、要注意。

共感は大切です。共感するのも、してもらうのも大切です。でも、そこには生身の人間の思考と感性が必要じゃないでしょうか。共に感じるためには、頭と心がいりますからね。もちろん、SNSでの「いいね」も共感の一種かもしれません。それは、とても浅いところでの共感だとわたしは感じます。実際クリックひとつで、すぐに変質する軽さがあります。あ、誤解しないでくださいね。軽さは悪ではありません。小さな、軽い共感を受けたり、送ったりすることで満たされていくものも、育っていくものもあるはずです。「いいね」の数に救われた人もいるかもしれません。それを糧《かて》に一歩を踏《ふ》み出《だ》せた人もいるでしょう。そのあたりは、若いあなたの実感を大切にしてください。なにしろ、回りの大人のほとんどは、若い時代にここまで発達したSNSとつきあった経験がないのですから、適切な忠告や助言ができるかどうか心許《こころもと》ないです。少なくとも、わたしにはできません。

これについてわたしに言えるのは、共感とか想《おも》いには二種類あるのでは？　と、考えている、それぐらいのことです。速やかに軽くほんの一時のものと、じっくりと深く染《し》み込《こ》んでくる重さのあるものと（繰り返しますが、どちらが良いとか悪いとかの話ではありませんよ）。

そして、今は後者の話をしましょう。前者の「いいね」については、あなたのほうがずっとたくさんの情報と経験を持っているでしょうから。

深い共感の場合、あなたが向き合っているのは、正体の知れない不特定多数の人々ではなく、輪郭《りんかく》のはっきりした相手です。

その相手が実際に現実世界に生きている必要はありません。

ただ、その人の生き方や言葉、存在にあなたの心が共鳴できればいいのです。

本を読むということ

わたしの場合、それは、マンガや小説の登場人物でした。名前も性別も国籍《こくせき》も瞳《ひとみ》や髪《かみ》の色もわかります。さらに、その心の内、想いまで伝わってきます。わたしは、彼《かれ》ら彼女《かのじょ》たちに心を揺《ゆ》さぶられ、何度も頷《うなず》き、その生き方や思考を追いかけました。それは、今でも続いています。前にも述べた、海外ミステリーだけでなく他のジャンルの本、その登場人物たちにリアルに影響《えいきょう》されるのです。

例えばわたしは高校生の時イギリスの作家、エミリー・ブロンテの長編小説『嵐《あらし》が丘《おか》』を読みました。

名作といわれますが、初めて読んだとき、十代のわたしは、うんざりしてしまいました。ちっとも面白くなかったのです。

荒涼《こうりょう》たるヨークシャーの風景も、主人公ヒースクリフもキャサリンもみんな暗く、モノトーンの世界に沈《しず》み込《こ》んでいるように感じました。ただただ暗いだけの、つまらない物語。それが十代の私の『嵐が丘』への正直な感想でした（とはいえ、最後まで読み通さなかった気がします。途中《とちゅう》で閉じて、本棚《ほんだな》に返して、それでおしまい）。

その感想が一変するのは、それから二十年以上が経ったころです。わたしは四十歳《さい》手前の大人になり、恋愛《れんあい》も失恋も結婚《けっこん》も出産も挫折《ざせつ》も失望も、まあそれなりに経験していました。誰《だれ》かを裏切ったことも裏切られたこともありました。そういう年齢《ねんれい》になったとき、『嵐が丘』を再読したのです。どうして再読したのか、よくわかりません。書斎《しょさい》の本棚の隅《すみ》に文庫版がひっそりあったのです。その背表紙がちらっと視界に入り、わたしはほとんど無意識に手を伸《の》ばしていました。もしかしたら、リベンジの気持ちでもあったのでしょうか。十代で途中《とちゅう》止めした本を今度は、読み通してやるぞ、おーっ。みたいな。

ともかく、わたしは再び『嵐が丘』を手に取りました。

夢中になりました。

そのまま床《ゆか》に座り込み読み続け、夜も布団に入って夜中までページをめくり続けました。ヒースクリフのキャサリンへの愛に圧倒《あっとう》され、ただ一人を求め、愛するとは、こんなにも残酷《ざんこく》で狂気《きょうき》に満ちたものなのか。愛が破滅《はめつ》を誘《さそ》い、憎《にく》しみしか愛を成就させることはできない。『嵐が丘』はこんなにも恐《おそ》ろしく、美しく、魂《たましい》を震《ふる》わせる恋愛小説だったのか……それが、アラフォーになったわたしの感想でした。そして、自分ならヒースクリフの狂気と憎悪《ぞうお》に彩《いろど》られながらどこまでも一途《いちず》な愛を受け止め切れるのかなんて、考えてしまいました。考えて、わたしが出した答えは否です。

わたしなら、共に身を焼きつくす愛情よりも、平凡《へいぼん》で代わり映えしない日常を選ぶ。

中年の域に入ったわたしは、平凡で代わり映えしない日常の価値と意味を、すでに知っていましたから。若い頃《ころ》のわたしなら、ほとんど躊躇《ためら》いなく、身を焼く炎《ほのお》を選んだでしょう。平凡で代わり映えしない日常に何の魅力《みりょく》も感じていない。むしろ、厭うて、厭うて、とことん厭うていました。この絡《から》みついてくる日常を絶ち切って、未知の世界に踏《ふ》み出《だ》したいと心底から願っていました。当然です。若い頃《ころ》なんて浮遊《ふゆう》する、あるいは飛翔《ひしょう》する年ですからね。未来を限定してしまうのではなく、これまでの日常から抜《ぬ》け出《だ》していく。未知を求めていく。まさにその時なのですから。

すみません。話を戻《もど》します。

わたしは、若いとき全く理解できなかったヒースクリフに三十代で深い共感を覚えました。十代では感じられなかったものを三十代後半になって感じ取れるようになったのでしょうか。年を経て、わたしの内で感性の変化があったのでしょうか。あったのです。だから、ヒースクリフを一部とはいえ理解できたのです。

そういえば、もう一つ、よく似た読書経験があります。

十代の時、大好きな女性がいました。本の中にです。

サマセット・モームの『人間の絆《きずな》』に出てくる、ミルドレッドという娼婦《しょうふ》です。美しく、歪《いびつ》で、金のためなら男を手玉に取ることも騙《だま》すことも、裏切ることも平然とやってのける悪女、堕《お》ちるところまで堕ちた娼婦です。

そのミルドレッドがものすごくかっこよくて、最後、止めるフィリップ（主人公）の手を振《ふ》り切《き》り、病に侵《おか》された身体で客の男を探すために街へと消えていくのです。彼女の行《こう》為《い》は、どう見てもどう考えても法に触《ふ》れ、常識を外れ、道徳からも正義からもほど遠く、社会的にも人としても許されるものではありません。彼女は、弁護しようもないほど堕落《だらく》した女性なのです。なのに、わたしは強烈《きょうれつ》に惹《ひ》かれてしまいました。

娼婦で、悪女で全く同情の余地のない者をとてつもなくかっこいいと感じさせてくれる。それって、物語の力だなあと感じ入ったものです。

ところが、一年ほど前に縁《えん》あって（？）『人間の絆』を再読したとき、ミルドレッドに凜《りん》としたかっこよさより、滅《ほろ》びを自ら選んだ諦念《ていねん》を感じてしまったのです。全ての希望を失った人間の、深い諦《あきら》めと諦めの底にある自己破壊《はかい》の衝動《しょうどう》。

十代のころは憧《あこが》れもしたけれど、今は、自分と重なる部分にため息を零《こぼ》すような気持ちです。ヒースクリフにもミルドレッドにも、十代とは違う想いを持ち、違《ちが》う見方があることに気付かされました。人とはまさに多面体です。だから、自分のどこの面で物語（マンガやドラマ、アニメも含《ふく》めて）に触れるかで、見方も感じ方も異なってくるのでしょう。面は年を経れば増えるというものではありません。十代のあなたしか持ち得ない面も、年と共に消えていく面も、反対に年と共に増えていったり、埋《う》まっていたものが露《あらわ》になったりする面もあると思います。

再び、書くことの意味

えっと、ここで本題に戻ります（やっとかい、と、突《つ》っ込《こ》み入れないで）。
あなたは表現する力を蓄《たくわ》えようとしています。
もし、嫌《いや》でないなら前述した字スケッチ、続けてみてください。毎日でなくて、いいんです。毎日とか一週間に一度とか、頭で決めないで心に任せてください。あなたは、字スケッチがどんなものか、わかっています。実際にやってもみました。

今度は心のままに、書きたいとき、書きたい何かに出会ったとき、書きたい想いが生まれたときに、あなたの文章に向き合ってください。

晴れ晴れしたきれいな風景を見たとか、わくわくするようなステキな経験をしたとか、楽しいやりとりがあったとか、いいことばかりを書く必要はないのです。もちろん、それらが書きたい気持ちに繋《つな》がっているのなら、どんどん、やってみてください。

ただ、わたしの経験に過ぎないのですが、そんな晴れやかで楽しい、美しい風景や出来事より、暗くて、辛《つら》くて、ときに惨《みじ》めだったりするもののほうがスケッチをする甲斐《かい》がありました。朝から家族とぎすぎすしたこと、友人に誤解されて一方的に避《さ》けられてしまったこと、みんなの前で思いっきり転んでしまったこと、ちょっとした口論、擦《す》れ違い、失恋、思わぬ災難、敗北……自分の痛みをスケッチし、さらにそれをフィクションまで加工していくと、自分と自分の現実の間にちょっとだけ距離《きょり》ができます。

母親と言い合ってとげとげした心とか、友だちに避《さ》けられた痛みとか、挫折感《ざせつかん》とか落胆《らくたん》とか自己嫌悪とか悲しみや怒《いか》りから、ほんの僅《わず》かですが離れられるのです。離れるということは、そこに第三者の眼差《まなざ》しが交ざり込むということです。

第三者の眼差し。

母親と諍《いさか》ったあなただけではなく、友だちと仲たがいしたあなただけではなく、惨《みじ》めな思いに俯《うつむ》いているあなただけではなく、それを冷静に見ている第三者としてのあなたの眼差しです。あなた自身でありながら、あなたとはちょっとずれているあなたの眼差し……。

喜びでも悲しみでも怒《いか》りでも、渦中《かちゅう》にいるときは見えないものがたくさんあります。渦《うず》の真ん中にいては、渦全部を俯瞰《ふかん》できませんからね。

書くことで、新たな眼差しを手に入れたあなたは、渦の外から渦そのものを眺《なが》められます。むろん、あなたの目に映ったものが、真実かどうかはわかりません。渦をどう捉えるかは、人それぞれですから。真上から見るか、海底から見るか、カモメの位置で見詰《みつ》めるか、雲の位置から眺めるか、で違ってきます。

でも、少なくともあなたは渦に巻き込まれ、翻弄《ほんろう》されてはいません。〝書く〟ことには、そういう力があります。自分を自分で表現できれば、わたしたちを巻き込み、翻弄する現実と対峙《たいじ》する、そのための距離を取りやすくなるのです。

わたしたちの周りは渦だらけです。

誰かが作り上げた紛《まが》い物《もの》の物語で満ちています。うっかりすると、呑《の》み込《こ》まれそうになりますね。呑み込まれて、周りのみんなと同じ物語を共有したほうが楽にも感じます。

紛い物の物語。

その最たるものが〝絶望の物語〟でしょうか。確かに今は、希望より絶望のほうが現実味を持ち得る時代です。安易に希望を語る言葉は、信用なりません。信用できるものなんて、ほとんどないような気にさえなります。戦争、飢餓《きが》、差別、格差、貧困、災害……この世界は絶望の物語と薄《うす》っぺらい希望の物語ばかりが横行しているみたいです。

でも、それはあなたの絶望ではありません。わたしの絶望でもありません。正体不明の存在さえもあやふやな誰かのばらまいた絶望です。いわば、幻《まぼろし》、蜃気楼《しんきろう》です。実体などありません。生々しさのない幻だから、受け入れやすいのです。耳触《みみざわ》りがよくて、美しくて、あなたの全てをわかると言い、あなたはこうするべきだと諭《さと》す。そして、絶望して当然だと囁《ささや》く。あなたの絶望を知りもしないし、知ろうともしないくせに、偽物《にせもの》の共感だけを垂れ流してくる。

そんなものに、呑み込まれてはなりません。

自分の絶望と絶望の底であなたが気が付いた希望をこそ、語っていきましょう。しゃべって、表現していきましょう。

書いていきましょう。

あなたの絶望も、あなたの希望も唯一無二のものです。あなただけのものです。それを手放して、巷《ちまた》にあふれた偽の物語と取替《とりか》えるなんてもったいなさ過ぎませんか。

惑《まど》わされないで。負けないで。そして、生き抜《いぬ》いて。

死ぬことで閉じるのではなく、生き抜くことで拓《ひら》けていく道を探してみましょう。そのために書き続けてみてください。そして、読んでみてください。

わたしが、ホームズやエラリー・クイーン（作者ではなく、主人公のエラリーです）やヒースクリフやミルドレッドに出会ったように、物語の中の人間と向き合ってみてください。

彼も彼女も正体不明ではありません。一人の人間として存在しています。嫌《きら》いな人もいるでしょう。でも、深い共感を抱《いだ》く人にも会えるはずです。小説でもマンガでもアニメでも、好きでたまらない誰かと遭遇《そうぐう》できたら……と、想像してみてください。

その人に共感する自分を、自分の手で書いてみてください。字スケッチ風に言えば、自画像になりますよね。

あなたの文章で、あなたの肖像《しょうぞう》を書くのです。

あなたの輪郭《りんかく》をしっかりと表すのです。そこに、他人の物語は入り込めません。あなただけの、あなたの物語、でも、あなたの生々しい渦とは距離のある物語です。

繰《く》り返《かえ》してみてください。

何度も何度も、書き続け、書き直し、あなたの物語を綴《つづ》ってください。

十代のあなたの、二十代のあなたの、五十、六十代のあなたの、十五歳のあなたの、二十七歳のあなたの、四十二歳のあなたの、八十歳のあなたの物語を表し続けるのです。

本当は、もっと具体的に、細かに、プロの作家になる方法とか新人賞への近道とか、現実的なアドバイスとか技術論を示せたらよかったかなと、正直、最後の最後になって反省してます。でも、反省した後、それはわたしには不可能だなあと、しみじみ感じてもいま

す。そんなものが書けるんだったら、とっくに書いていますからね。

わたしには、他人に書く技術を示せるような能力も実績もありません。

でも、自分の物語を生み出そうとしているあなたを応援《おうえん》したかった。エールを送りたかった……そこは真実、というか、そこだけが真実です。

あなたの物語は本という形にはならないかもしれません。あなたはプロの作家にはならないかもしれません。でも、自分の物語を自分の内に宿しています。

それが、どれだけ凄《すご》いことなのか、わたしは声を限りに伝えたいのです。

あなたは凄い。

あなたは他人の物語に右往左往することもなく、幻に呑《の》み込まれることもない。絶望に埋《う》もれた微《かす》かな希望を掘《ほ》り当《あ》てられる。

あなたは凄い。

それだけを伝えたいのです。

次に読んでほしい本

吉村昭《よしむらあきら》『羆嵐《くまあらし》』

新潮文庫、1982年

これは、10代向けの本ではありません。物語として括《くく》れるものでもありません。日本害《がい》獣《じゅう》史上最大の惨事《さんじ》と呼ばれる事件を克明《こくめい》に描《えが》いたドキュメンタリーです。

大正4年12月、北海道天塩山麓《てしおさんろく》の開拓村《かいたくむら》を一頭の巨大な羆《ひぐま》が襲い、住人を次々に捕食《ほしょく》していきます。羆と人間の息詰《いきづ》まるような戦いが、人が食われる現実の生々しさがものすごい迫力《はくりょく》で迫《せま》ってきました。10年ほど前に読み、今年再読したのですが、今回も圧倒《あっとう》された一冊です。自然がどれほど過酷《かこく》で猛々《たけだけ》しいか、骨《ほね》の髄《ずい》まで染みてきます。

津《つ》村《むら》記《き》久《く》子《こ》
『まともな家の子供はいない』
ちくま文庫、2016年

中学3年生、セキコの物語。セキコ、ともかく怒《おこ》っています。怒《いか》りまくっています。こっちがちょっと引くぐらいの怒りが、ばんばん伝わってきます。この父親なら、母親なら、教師ならしかたないなと頷《うなず》きはしつつ、読み終えた後にふっとセキコの怒りはわたしに向けられたものなんだと気付く、そんな本です。

まっとうに怒るエネルギーを萎《な》えさせている自分に、怒ることを悪だと決めつけている自分に、セキコは刃《やいば》を向けていると思わされる……。セキコの怒りはおとなたちの事情や卑小《ひしょう》さや、哀《あわ》れさや図太さを容赦《ようしゃ》なく照らし出します。今を生きる若者たちに捧《ささ》げたい一冊。

山《やま》本《もと》美《み》香《か》
『戦争を取材する』
講談社、2011年

この地球という惑星《わくせい》から、戦争、紛争《ふんそう》、殺し合いが短い期間であっても消えたことがあるのか。考えて考えてどう考えても、こたえは「ない」です。戦争も紛争も殺し合いも、絶えたことのない世界をわたしたちは生きています。

著者の山本美香さんはジャーナリストとして、世界中の戦地、紛争地を取材してきました。生々しい戦場の実態を伝え続けてきたのです。本作中に2006年に撮影した数枚の写真が載《の》っています。破壊《はかい》されたベイルート。2024年ではなく2006年なのです。アフガニスタン、イラク、ウガンダ、コンゴ……山本さんは現場の日常を過剰《かじょう》も過小もなく伝えます。だから、そのあまりに非人間的な世界が現実として迫ってきます。2012年、アレッポにてシリア軍の銃撃《じゅうげき》を受け山本さんは亡くなりました。殺されたのです。ただ、彼女の本は今も、戦争の真実を伝え続けています。

ちくまQブックス

伊《い》藤《とう》亜《あ》紗《さ》
東京科学大学リベラルアーツ研究教育院教授

きみの体は何者か
――なぜ思い通りにならないのか？

体は思い通りにならない。
でも体にだって言い分はある。
体の声に耳をすませば、思いがけない発見が待っている！
きっと体が好きになる14歳からの身体論。

津《つ》村《むら》記《き》久《く》子《こ》
小説家

苦手から始める作文教室
――文章が書けたらいいことはある？

作文のテーマの決めかたや書くための準備、
書き出しや見直す方法などを紹介。
その実践が自分と向き合う経験を作る。
芥川賞作家が若い人に説く、心に効く作文教室。

ちくまQブックス

池《いけ》上《がみ》嘉《よし》彦《ひこ》

東京大学名誉教授

ふしぎなことば ことばのふしぎ

——ことばってナァニ？

「伝える」だけじゃない。
ことばには「創り出す」はたらきもある
——子どもや詩人のハッとさせられることば遣いから、
やさしくときあかす〝ことば〟のふしぎ。

今《いま》井《い》むつみ

慶應義塾大学教授

AIにはない 「思考力」の身につけ方

——ことばの学びはなぜ大切なのか？

私たちは今、文章を読みながら思考力を使っている。
その時に頭の中で働くのは「推論の力」だ。
この力は人間だけにありAIにはない。
その違いと謎を解き明かす。

あさのあつこ

あさの・あつこ

1954（昭和29）年、岡山県生れ。青山学院大学文学部卒業。小学校講師ののち、作家デビュー。『バッテリー』で野間児童文芸賞、『バッテリーII』で日本児童文学者協会賞、『バッテリーI～VI』で小学館児童出版文化賞、『たまゆら』で島清恋愛文学賞を受賞。著書は『福音の少年』『No.6』シリーズ、『弥勒の月』『アーセナルにおいでよ』など多数。

ちくまQブックス

あなただけの物語《ものがたり》のために
どうすれば自分《じぶん》を信頼《しんらい》できる？

2025年1月6日　初版第一刷発行

著　者　あさのあつこ
装　幀　鈴木千佳子
発行者　増田健史
発行所　株式会社筑摩書房
東京都台東区蔵前2-5-3　〒111-8755
電話番号03-5687-2601（代表）
印刷・製本　中央精版印刷株式会社

ISBN978-4-480-25159-6 C0395